Mer du nord ou watt ?

Le lugworm

© 2019 James Watt
Production et édition:
BoD - Books on Demand,
Norderstedt
ISBN: 9783748150558

Le Lugworm

Comme c'est souvent le cas, il y avait un épais brouillard. C'était tellement brumeux que tu n'as même pas vu ta main devant tes yeux.

Le lever du soleil pourrait être aperçu par la luminosité, mais toute la zone était enveloppée dans un gris profond et pâle.

C'était sans vent et autrement calme. Juste calme, extrêmement calme et calme. Le brouillard ne voulait pas céder.

Entre les orteils, le sable fin mais brumeux qui s'est accumulé sous les pieds comme il marchait lentement à travers la plage.

Étiez-vous encore sur la plage ou déjà quelque part dans les vasières?

Étape par étape, Hannes marchait à travers le brouillard dense, très lentement.

Une mouette cria de loin, mais personne ne devrait lui répondre. Les autres mouettes sont apparemment restées au sol à cause du brouillard dense, au lieu

d'un animal volant.

"Oh!" qu'est-ce que c'était?

Juste à côté de lui, quelque chose a craqué sans même voir ce qui se passait autour de lui.

Puis il est venu avec le dicton, qui est bien connu pour de telles occasions: «Comme vous pouvez le voir, vous ne voyez rien!"

Et il en fut ainsi. Le crépitement était terminé et il y avait le silence à nouveau.

Watt devrait ... ?!, Hannes et marchait lentement, étape par étape. Soudain, il y avait quelque chose.

Son regard descendit vers le sol sablonneux. Watts!?!

Rien que Watt. Directement sous ses pieds étaient de nombreux "kilo-watt". Donc assez lourd, un tel sable humide.

Mais comment est-il soudainement entré dans les vasières ? Il n'avait rien vu à cause du brouillard, mais il pensait qu'il était beaucoup plus loin sur la plage.

Quelques centimètres devant lui, une chose mystérieuse serpentait vers le haut du sable. "Watt mange ça?" Se demanda Hannes, parce qu'il ne pouvait pas voir les déformations sur le sol exactement à cause du brouillard dense.

Oui, il était là ! Un petit salut du ver watt.

Mais watt maintenant? Qu'est-ce qu'on en déduit et, surtout, dans quelle direction Hannes a-t-il dû aller à nouveau pour retourner à la plage ?

... L'anneau du ver wattimique n'a pas montré une direction exacte.

Finalement, Hannes a décidé de chercher un autre ver watt, dont il pourrait espérer un héritage pour une réponse à sa question sur la direction.

Buter! Parce que immédiatement dans le voisinage immédiat vécu apparemment un autre ver watt.

Mais comme beaucoup de ses contemporains, il a été offensé par le temps et la marée basse et a mis sa tête dans le sable, ainsi que le reste de son corps.

Mais même ce ver ne pouvait pas donner Hannes aucune indication de la direction du chemin du retour ...

"Si le brouillard stupide devait enfin disparaître!" Personne ne pouvait répondre à la question sur le chemin sûr du retour vers le continent.

Ainsi, les heures passèrent, et le brouillard tenace et impénétrable continua à se poser comme un voile dense sur les vasières.

Il était encore sans vent, donc il semblait que le brouillard resterait là toute la journée et tout simplement ne se déformer.

Quelque part à proximité il y avait un bruit de moteur terne ... Mais d'où ça vient ?

De quelle direction ? Et d'où a-t-il l'air de se déplacer ?

Le bourdonnement du moteur diesel est devenu de plus en plus fort. "Quelque part il doit venir de...!?!," pensa Hannes, cherchant en vain dans l'épais brouillard des traces de contours qui pourraient même lui donner un moyen de reconnaître un véhicule.

« Prenons un moment... Un véhicule? demanda Hannes ? "Cela ne peut pas être!" À ce moment, il a vu apparaître une grande zone sombre dans le brouillard.

"Cela ne peut pas être un véhicule!"

L'horizon s'assombrit, le brouillard devient presque plus sombre. "Qu'est-ce que c'est ...?" maudit Hannes.

"Oh oh... Cela ne peut pas être vrai!

Au cours des dernières heures Hannes s'est tellement perdu dans les vasières en raison du brouillard dense et la mauvaise visibilité qu'il avait maintenant marché loin vers la mer ouverte et il n'y a que quelques mètres du chenal. Et dans le, les grands porte-conteneurs naviguent le long, qui sont parfois près de 400 mètres de haut et énorme.

Et maintenant quelque chose comme ça ....

Un grand mur sombre de la maison semblait le rencontrer.

Non, pas de mur de la maison... Un immeuble de grande hauteur, un complexe de maisons. Une petite ville...

À quelques mètres du sentier de Hannes, et immédiatement devant lui, cet énorme navire apparut.

Il y avait une grosse vague devant lui, alors Hannes a dû prendre ses jambes dans sa main afin de ne pas être emporté.

Courir, en quelque sorte en cours d'exécution, il a été maintenant dit, et que le plus vite possible. Parce que la vague d'étrave d'un si grand navire n'est pas totalement inoffensive, même si le géant du conteneur est loin de conduire sa vitesse de croisière habituelle dans ce domaine.

Hannes galopait sur les vasières comme un cheval sauvage et s'approchait très souvent des mudmud dwellers...

Certaines des vasières enfouies plus profondément dans les vasières afin de ne pas devenir plus larges et plus plates par l'entreprise, les étapes de martèlement. Les watt-dwellers ressentent enfin chaque petit choc.

Et quand une telle personne adulte s'approche avec des étapes agiles, vous pouvez obtenir un mal de tête wattworm.

Normalement, aucune pharmacie de ver de watt est

disponible loin et large dans les vasières, de sorte que les ver de watt sont sur leurs propres et dans ce cas n'ont aucune possibilité d'obtenir les drogues appropriées de mal de tête.

La vague d'étrave du géant du conteneur s'approcha de plus en plus et rampa progressivement sur les vasières à grande vitesse depuis le chenal.

Les wattworms ne se souciaient pas, ils ont longtemps été

familiers avec ce phénomène et a grandi avec elle.

Mais Hannes a lentement paniqué, parce qu'il n'a rien vu dans l'épais brouillard et a couru au hasard à travers la région. Il ne pouvait pas prévoir une direction du ciel ou un tronçon salvateur de la rive, et il continua d'entendre le bourdonnement terne du gros, très grand navire diesel, qui se rapprochait de plus en plus de lui.

Dans l'intervalle, l'inondation lui a également causé des ennuis, car l'eau lui arrivait maintenant de tous les côtés. Les vasières ont coulé en zéro point rien, et toute navigation était devenue extrêmement difficile pour Hannes.

Après une éternité ressentie d'errance aléatoire, Hannes tomba soudain jusqu'à son cou dans une priel, dont il pouvait à peine se libérer par sa propre force.

Tous les cris et les cris n'ont pas aidé, vous ne l'avez pas entendu...

Peu à peu, Hannes semblait presque complètement épuisé et confus, se rappelant les paroles rémoncinantes d'un vieux guide watt dans les dernières minutes apparemment de sa vie pas si longue.

Les randonnées dans et à travers les vasières étaient bien connus de lui, mais aujourd'hui le brouillard a fait une brèche dans son projet de loi.

Au lieu de retourner directement sur le rivage

salvateur, Hannes fit de nombreuses nouvelles connaissances, comme celles qui ont les wattworms, les moules et autres watt-habitants. Il entendit aussi des mouettes crier, mais il ne les a pas vus.

Son téléphone portable est devenu inutilisable quand il est tombé dans le Priel, à son grand dam, de sorte qu'il ne pouvait pas demander de l'aide de cette façon. Hannes a donc dû se ressaisir bien ou mal et chercher un moyen de le sortir de la zone de danger le plus rapidement possible.

Après un bon moment, un bourdonnement tranquille s'approcha d'un lointain...

Heureusement, le vapeur à conteneurs avait en quelque sorte continué et n'a pas pris la peine plus. Mais il y avait un nouveau bruit de moteur que Hannes ne pouvait extraire que très faiblement des profondeurs du brouillard.

Complètement épuisé et absorbé par la peau d'eau salée, il a continué à chanceler à travers l'eau qui s'enfochez et a entendu le bruit du moteur se rapprocher de plus en plus de lui.

C'était un canot de sauvetage du garde-eau. Hannes a été porté disparu par des connaissances sur terre.

Ravi et proche de l'impuissance, Hannes fut hissé dans le bateau.

Le lendemain matin, le grand puzzle...

Hannes a-t-il rêvé, ou était-ce vraiment comme ça ?

La réponse n'est certainement connue que par le ver watt.